मुझे कहने दो!

भाग–1

(साहित्य-दर्शन व काव्य-संग्रह)

द्वारा शैलेन्द्र सागर सिंह

BlueRose
Publishers
NewDelhi • London

First Published in July 2021

ISBN: 978-93-5472-026-0

BLUEROSE PUBLISHERS

www.bluerosepublishers.com

info@bluerosepublishers.com

+91 8882 898 898

Cover Design:

Ayona Tomar

Typographic Design:

Namrata Saini

Distributed by: BlueRose, Amazon, Flipkart, Shopclues

"परिस्थितियों एवं मन:स्थितियों के दबाव के बीच जब कवि अपना जीवन, अपना मन तथा अपना लहू मथता है, तभी कविता पैदा होती है, अन्यथा नहीं। जो लोग कविता को शब्द-संयोजन मात्र मानते हैं, वे अबोध हैं, बच्चे हैं, अभी उन्हें कविता को समझने के लिये थोड़ा और ऊपर उठने की, थोड़ा और अनुभव सम्पन्न होने की, तथा अपनी दृष्टि को और सूक्ष्म व अंतर्मुखी करने की जरूरत है।"

-शैलेन्द्र सागर सिंह (०६ फरवरी, २०१४)

"जो व्यक्ति साहित्य को तथा साहित्य-सृजन की प्रक्रिया को समझना चाहता है, उसके लिए यह कृति अत्यन्त उपयोगी होगी, ऐसा मेरा विश्वास है।"

-शैलेन्द्र सागर सिंह (२० फरवरी, २०२१)

इस पुस्तक में मेरी स्वरचित कविताएँ संग्रहित है।

-शैलेन्द्र सागर सिंह (२० फरवरी, २०२१)

अपने काव्य गुरू गोस्वामी तुलसीदास एवं
सूर्यकांत त्रिपाठी 'निराला' को समर्पित।

"पहुंचना हो तो रूको, पहुंचना हो तो चलना मत, हिलना भी मत। पहुंचना हो तो जहां खड़े हो वहीं मूर्तिवत हो जाना। गति से पहुंचता नहीं कोई सत्य तक, क्योंकि सत्य कोई गन्तव्य नहीं है।"

-ओशो

अपनी बात

हम सभी अपने जीवन में कुछ ऐसी वेदनाओं, कुछ ऐसे विचारों, कुछ ऐसे अभावों तथा कुछ ऐसे संघर्षों से गुजरते हैं, जिसका हमारे मन पर बहुत गहरा एवं दीर्घकालिक प्रभाव पड़ता है। हम उस विचार, भाव एवं अनुभव के साथ एक समय-खण्ड बिताते हैं, उससे संपृक्त होते हैं तथा उसके साक्षी बनते हैं। यह एक ऐसी रासायनिक प्रक्रिया है, जिसमें शब्द गुँथते चले जाते हैं, और उन अनुभवों तथा उससे गुँथे शब्दों का ऐसा दबाव निर्मित होता है कि वह बलपूर्वक फूट पड़ता है, जिसे हम साहित्यिक-अभिव्यक्ति कहते हैं। निष्कर्ष यह है कि कोई भी वेदना जब असह्य हो जाती है, तो हम उसे व्यक्त कर देते हैं।

सामान्यतः हमारे समाज में भी कहा जाता है कि दुःख बांटने से, कह देने से कम हो जाता है। बस, यही मनोविज्ञान साहित्य की भी जननी है। कुछ ऐसा, जो मन को व्यथित कर रहा है, वह कहने में हम संतोष अनुभव करते हैं। अपना दुःख, सबकी संवेदना को पाकर सबका दुःख बन जाता है, तब यह बात बहुत संतोष देती है कि व्यष्टि का अनुभव समष्टिगत हो गया। 'स्व' 'पर' से जुड़कर 'विराट' हो गया। इन्हीं उपरोक्त भावों से साहित्य का जन्म होता है। अतः साहित्य का मूल लक्ष्य आत्मिक आनन्द ही है, लेकिन वह आनन्द सबके साथ जुड़कर, अपने 'स्व' में सबको समाहित कर, प्राप्त होता है। इन अर्थों में साहित्य सहानुभूति का नहीं, समानुभूति का जगत् है।

मेरा जन्म एक निम्न-मध्यवर्गीय ग्रामीण परिवेश में हुआ। सीमित साधनों एवं उच्च संस्कारों के दबाव के साथ जीवन के लक्ष्यों को पाने की जद्दोजहद में, संघर्ष और अधिक दुःखपूर्ण व तनावग्रस्त हो गया। जीवन का एक-एक दुःख, एक-एक अभाव, एक-एक पीड़ा, एक-एक अपमान तथा एक-एक कठोर-कोमल भाव, जीवन व मन को मथते रहे। सदैव कुछ

विस्फोटक भाव एवं विचार मस्तिष्क में बनते-मिटते रहे। लेकिन, एक बात शुरू से जहन में थी, कि ये सब, जो कुछ भी घटित हो रहा है, उसे लिपिबद्ध व भाषाबद्ध करते रहना चाहिए। इसी संकल्प के साथ पढ़ते-लिखते, उठते-बैठते, दुःख व अभाव में डूबते-उतराते मैंने वह सब लिखना शुरू किया, जो मैंने महसूस किया। यह साहित्य-दर्शन व काव्य-संग्रह उसी का परिणाम है।

एक और महत्वपूर्ण बात, जो मैं अपने सुधी पाठकों को बताना चाहता हूँ, वह यह है कि मैंने कोई भी कविता किसी प्लानिंग के तहत नहीं लिखी है। ये कविताएं ऊपर से मेरे हृदय में उतरी है। मैंने अपने जीवन में जो कुछ देखा है, भोगा है, उसे साझा किए बगैर न रह सकूंगा- ऐसा महसूस किया है, तभी परेशान होकर मैंने कलम उठाई है। इस मनोदशा में मैंने एक बात यह महसूस की, कि जब तक मैं उस व्यथित करने वाले विचार या अनुभव को कह नहीं लूँगा, तब तक मैं विश्राम अनुभव नही कर सकूँगा। इसी दबावयुक्त मनोदशा में मैंने बाध्य होकर कुछ लिखा है, या लिखने का प्रयास किया है, जो अब आपके सामने है।

वर्तमान समय सूचना-क्रांति एवं वैज्ञानिक-तकनीक का युग है। आज का मानव पुस्तकें कम पढ़ता है, मनन कम करता है जबकि सूचनाएं अधिक संग्रहित करता है। इस अध्ययनशीलता की कमी के दो दुष्परिणाम हुए है-

एक, तो यह कि मानव की अंतर्मुखता कम हुई है, तथा

दूसरा, यह कि मानव की साहित्यिक अभिरूचि तथा समझ का ह्रास हुआ है।

शब्दों में निहित गहरे अर्थ आप तभी समझ सकते है, जब आप अंतर्मुखी हों तथा आप में साहित्यिक समझ हो। साहित्य में किसी विचार, भाव या अनुभव को लेखक या कवि कितने रूपों में स्पर्श करता है या कर सकता है-इसकी समझ विकसित हुए बिना, साहित्य का रसास्वादन असंभव है। इसलिए आज के

उपर्युक्त परिवेश को ध्यान में रखते हुए, मैंने अपने इस काव्य-संग्रह में एक नया प्रयोग किया है, वह यह कि मैंने प्रत्येक कविता में निहित भाव तथा उसकी पूर्व पीठिका को कुछ शब्दों में स्पष्ट किया है, उसके बाद ही वह कविता विशेष मुद्रित की गयी है, क्योंकि आज के परिवेश में जीवन जीते हुए, लोगों से मिलते-जुलते (विशेषकर युवा पीढ़ी से) मैंने यह अनुभव किया है कि कविता में निहित गहरे भावों का एक संकेत दिया जाना अत्यन्त आवश्यक है, तभी आज की पीढ़ी उसके मर्म का पकड़ सकती है। इसका दूसरा पक्ष यह है कि कवि ने क्या सोचकर कोई शब्द चुना, या कोई पंक्ति लिखी, यदि इसे स्पष्ट न किया गया, तो मेरी समझ में बहुत कम सुधी पाठक उस शब्द, पंक्ति या कविता के मर्म तक पहुँच पायेंगे, जबकि शेष उसके रस या भाव से वंचित रह जायेंगे। किसी भी रचना की सफलता तभी है, जब अधिकाधिक पाठक उसके मर्म तक जा सकें। इसी समानुभूतिपूर्ण चिन्तन के दृष्टिगत,मैंने प्रत्येक कविता के पूर्व उसकी पूर्व-पीठिका या उसमें निहित भाव को संक्षिप्त रूप में व्यक्त किया है, ताकि सभी पाठक समान रूप से उसका अर्थ समझ सकें।यह निर्णय केवल आमजन की बहिर्मुखता के वर्तमान विस्तार के कारण लिया गया है, आशा है कि सुधी पाठक मेरी इस भावना को समझेंगे।

यह मेरा पहला काव्य-संग्रह है, जिसमें मेरे द्वारा सन् २००७ से लेकर सन् २०२१ तक लिखी गई कुल २० कविताएं संग्रहित हैं। वस्तुतः कोई भी काव्य तभी जन्म लेता है, जब कोई अनुभव, कोई विचार आप कहे बिना न रह पाएं। मैंने भी अपने अनुभवों को पूरी ईमानदारी से इन कविताओं के माध्यम से कहने का प्रयास किया है। इन कविताओं को विषयवस्तु के आधार पर तीन भागों में विभाजित किया जा सकता है-

प्रथम, सामाजिक एवं राजनीतिक विसंगति से संबंधित कविताएं
(क्रम संख्या ०१ से ०४ तक)

द्वितीय, रहस्यवाद से संबंधित कविताएं
(क्रम संख्या ०५ से १२ तक)

तृतीय, प्रेम सौंदर्य और रति से संबंधित कविताएं
(क्रम संख्या १३ से २० तक)

समाज एवं राजनीति की बहुत सी ऐसी विसंगतियाँ है, जो संवेदनशील नागरिकों को व्यथित करती है। प्रत्येक संवेदनशील मस्तिष्क इन सामाजिक एवं राजनीतिक विसंगतियों से क्षुब्ध होता है तथा उसका समाधान चाहता है, समाधान की आकांक्षा में वह अपने शब्दों के माध्यम से इन विसंगतियों को उद्घाटित एवं प्रकाशित करना चाहता है, ताकि आम जनमानस का ध्यान इन विसंगतियों की तरफ जा सके, तथा समय के प्रवाह में, इसका समाधान भी संभव हो सके। प्रथम कोटि की कविताएं इसी मन:स्थिति से उपजी है।

प्रत्येक व्यक्ति के जीवन में एक ऐसा भाव होता है, जिसे हम धर्म या अध्यात्म की श्रेणी में रखते है। वस्तुत: मेरी दृष्टि में अध्यात्म मानवीय संवेदना का किसी मानवेतर-सत्ता के प्रति विस्तार है। वहमानवेतर-सत्ता प्रत्येक व्यक्ति के स्वभाव तथा उसकी आध्यात्मिक समझ के स्तर से संगत होती है। मेरे जीवन में भी किसी मानवेतर सत्ता के प्रति गहरी श्रद्धा रही है, जिसे मैंने हमेशा अपने साथ अनुभव किया है। जीवन के संघर्ष में इस मानवेतर-सत्ता के साथ जो भी मेरा भावनात्मक-संबंध रहा है और जैसी संवेदना मैंने उस सत्ता के प्रति महसूस की है-द्वितीय कोटि की कविताएं उसी मन:स्थिति से उपजी है। जिन कविताओं में मानवेतर सत्ता के प्रति यह संबंध विभिन्न रूपों में व्यक्त हुआ है, उसे मैं रहस्यवाद की श्रेणी में रखता हूँ।

जीवन में संघर्ष के साथ-साथ कोमल भावनाएं भी विद्यमान होती है। कोई भी व्यक्ति केवल कठोर अनुभवों के साथ जीवन नहीं जी सकता। जीवन को संभालने के लिए उसे भावनात्मक संबल, सौंदर्य के आकर्षण एवं प्रेम की भी आवश्यकता होती है। तृतीय कोटि की कविताएं इसी मन:स्थिति से उपजी है।

अपने सुधी पाठकों को यह बताते हुए मुझे अत्यन्त प्रसन्नता है कि काव्य-सृजन करते हुए मेरा साक्षात्कार **काव्य-सृजन की प्रक्रिया** से भी हुआ। मैंने उन तत्वों और परिस्थितियों पर चिंतन

करना शुरू किया, जो साहित्य व साहित्यकार के निर्माण में कारक की भूमिका निभाते हैं। किन परिस्थितियों में कोई सामान्य व्यक्ति एक साहित्यकार के रूप में परिवर्तित होता है, अथवा किन मूलभूत गुणों का उदय व तत्वों का निहित होना एक सामान्य व्यक्ति को साहित्यकार बना देता है- उस पर मैंने अपने अनुभव के आधार पर प्रकाश डालने की कोशिश की है। साहित्य-सृजन की अथवा साहित्यकार बनने की यह पूरी प्रक्रिया (आदि, मध्य व अंत) विकास के किन चरणों से गुजरती है, इसे मैंने लिपिबद्ध कर आप सुधी पाठकों के समक्ष रखा है, जो साहित्य-दर्शन के रूप में आपके सामने है। जो व्यक्ति साहित्य (गद्य व पद्य दोनों) को तथा साहित्य-सृजन की प्रक्रिया को समझना चाहता है, उसके लिए यह साहित्य-दर्शन अत्यन्त उपयोगी होगा, ऐसा मेरा विश्वास है।

अंत में, कुछ अनूठे प्रयोगों एवं अभिव्यक्ति की मौलिकता के साथ यह कृति अब आपके हाथ में है। यह आशा और मेरी कामना है कि परमात्मा की कृपा से यह कृति आप सबके हृदय तक उतरेगी।

-शैलेन्द्र सागर सिंह,
इटावा, उत्तर प्रदेश

(२१फरवरी,२०२१)

अनुक्रमणिका

साहित्य-दर्शन

(साहित्य और साहित्यकार के सृजन की प्रक्रिया)

(१) साहित्य और साहित्यकार के सृजन की प्रक्रिया में साक्षी-भाव का महत्व :-

हम सभी अपना जीवन, शरीर, मन-बुद्धि और चेतना के विभिन्न तलों पर जीते हैं। किसी के लिये शरीर ही प्रधान होता है, वह अपना सम्पूर्ण जीवन शारीरिक सुखों की प्राप्ति तथा शारीरिक दुःख के प्रतिकार में व्यतीत कर देता है। शरीर की अनुकूलता-प्रतिकूलता उसके जीवन के सभी निर्णयों के आधार होती है। उसके लिये शारीरिक सुख ही साध्य होता है, जबकि बुद्धि, ग्यान, विचार, धर्म, परिवार, समाज आदि सभी उस साध्य की प्राप्ति के साधन मात्र होते है। ऐसे व्यक्ति के लिये पारिवारिक मूल्य, सामाजिक सरोकार, देश-प्रेम, त्याग, बलिदान, तितिक्षा आदि व्यर्थ एवं मूल्यहीन बातें है। ऐसे लोगों में अपने निजी सुखों के प्रति एक विशेष आग्रह होता है, जो उन्हें अन्यों के प्रति भयावह क्रूरता से भर देता है।

दूसरी श्रेणी में वे लोग आते हैं, जो मन-बुद्धि के तल पर जीते हैं। साहित्य, संगीत, कला, विज्ञान, धर्म, अध्यात्म आदि विभिन्न ज्ञान की शाखायें इस श्रेणी के लोगों के आनन्द का स्रोत होती हैं। ऐसे लोग विशेष रूप से संवेदनशील होते हैं। उनके लिये जीवन केवल शरीर-केन्द्रित नहीं, बल्कि मूल्यों, विचारों, भावों व आदर्शों की एक विशाल सम्पदा है, उनकी दृष्टि में जीवन की सफलता इन्हीं मूल्यों, विचारों, भावों व आदर्शों की उच्चता को प्राप्त करना तथा उसे पूरे जगत में प्रसारित करना है। ऐसे लोग ज्ञान की विभिन्न शाखाओं व साधना-पद्धतियों के प्रतिपादक और प्रसारक बनते पाये जाते हैं। ऐसे लोगों का सुख स्थूल नहीं, वरन् सूक्ष्म होता है।

मेरी दृष्टि में एक साहित्यकार शरीर के तल पर तथा मन-बुद्धि के तल पर डूब कर जीवन जीते हुये भी सबका साक्षी होता है। वह दोनों स्तरों पर सुख-दुःख का परम भागी होता है, किन्तु उक्त दोनों तलों से तटस्थ रहकर सब कुछ देखता भी रहता है, और तभी वह साहित्य-सृजन कर पाता है। वस्तुतः, यदि हम 'स्व' और 'पर' के भावों से थोड़ी दूर हटकर, थोड़ा साक्षी-भाव आत्मसात कर नहीं देख सकते, तो हम कभी भी जीवन का

तथा जीवन से जुड़े समस्त पहलुओं का निर्दोष व तटस्थ मूल्यांकन-विवेचन नहीं कर सकेंगे। भावों, विचारों तथा रस का गहरा आस्वादन तथा उसके प्रति साक्षी-भाव व तटस्तथा ही हमें साहित्यकार बनाती है। उदाहरण के लिये, हरिद्वार में गंगा के तीव्र प्रवाह में नहाने वाला श्रद्धालु जंजीर पकड़े रहता है, उसी प्रकार भावों, विचारों एवं रस की गंगा में गोता लगाने वाला साहित्यकार साक्षी-भाव की जंजीर पकड़े रहता है, तभी वह जीवन के इन सभी आयामों का तटस्थ वर्णन कर पाता है, और यही साक्षी-भाव,यही तटस्थता उसे साहित्यकार बनाती है।

वस्तुतः यदि यह साक्षी-भाव न हो, तो साहित्यकार भी एक साधारण मानव, एक आम इन्सान बनकर रह जायेगा। वह अपने जीवन में शरीर तथा मन के स्तर पर सुख-दुःख का रसास्वादन तो करेगा, किन्तु उसे व्यक्त न कर सकेगा, इसका निहितार्थ यह है कि वह अपने जीवनानुभव को साहित्य में परिवर्तित न कर सकेगा। उदाहरण के लिये, काम-सुख में डूबने वाला हर व्यक्ति काम-सूत्र नहीं लिख सकता, ब्रह्म में डूबने वाला हर व्यक्ति ब्रह्म-सूत्र नहीं लिख सकता तथा भक्ति में डूबने वाला हर व्यक्ति भक्ति-सूत्र नहीं लिख सकता। अतः स्पष्ट है कि साहित्य के सृजन का मूलभाव या केन्द्र-बिन्दु यह साक्षी-भाव ही है।

जब हम भाव या विचार का आस्वादन भी करें तथा ठीक उसी समय उसे आलोचात्मक दृष्टि से देखते भी रहें, केवल तभी हम उसके बारे में कुछ कह पायेंगे। किसी ऊँची मीनार के स्थापत्य का वर्णन करने के लिये उससे थोड़ा दूर हटना पड़ता है, तभी उसका पूरा आकार हमें दृष्टिगोचर होता है, और तभी उसके स्थापत्य के विभिन्न पहलुओं पर हम प्रकाश डाल पाते हैं। अतः मेरी दृष्टि में तटस्थता या साक्षी-भाव साहित्य-सृजन की प्रथम शर्त है। जो व्यक्ति भावों, विचारों और रसों के अस्वादन के पश्चात् उससे अलग हटकर अपना आलोचनात्मक स्वरूप नहीं निखार पायेगा, वह कभी भी साहित्यकार नहीं बन सकता।

इस साक्षी-भाव की महिमा यह है कि वह साहित्यकार में ऐसा गुण व क्षमता भर देता है कि वह पारिवारिक मूल्यों का तटस्थ मूल्यांकन कर पाता है। पारिवारिक सम्बन्धों का भावनात्मक रूप, उसका स्वार्थ, उसकी सीमायें तथा उसका सम्बल- ये सभी उसे एक साथ दिखने लगते हैं। इसी प्रकार, सामाजिक सम्बन्धों के ताने-बाने, उसका आर्थिक व राजनीतिक निहितार्थ आदि सब उसे आर-पार दिखने लगता है। समाज किस प्रकार एक-दूसरे की जरूरतों की पूर्ति के आधार पर संचालित है तथा इस सामाजिक व्यवस्था में कौन शोषक और कौन शोषित है, सब साहित्यकार की दृष्टि में होता है। साहित्यकार की इस समग्र और विहंगम दृष्टि का पूरा श्रेय साक्षी-भाव को जाता है। समाज, राजनीति और धर्म के विभिन्न पायदान किस प्रकार सरल से जटिल हो रहे हैं तथा समस्त भावनात्मकता कैसे एक बाजार में तब्दील हो रही है- साहित्यकार का साक्षी-भाव इन समस्त परिवर्तनों को अपनी सूक्ष्म दृष्टि से देख लेता है। सामाजिक, राजनीतिक, आर्थिक व धार्मिक जीवन में कैसे कुछ निरीह मानवों के शरीर, मन और आत्मा को साधन बनाकर, उन निरीह मानवों के अस्तित्व को अपनी वासना की भट्टी में झोंककर किस प्रकार कुछ चालाक लोग अपना साध्य पूरा करते हैं- जीवन का यह पक्ष साक्षी-भाव उद्‌घाटित कर देता है, अतः यदि एक वाक्य में कहा जाये तो साक्षी भाव साहित्यकार की समस्त साहित्यिक बुद्धिमत्ता व विवकेशीलता का प्राण तत्व है।

साहित्यकार की आत्मा में निहित साक्षी-भाव केवल उपरोक्त बिन्दुओं पर ही अपनी आलोचनात्मक दृष्टि नहीं डालता, वरन् यह समय अर्थात् अतीत, वर्तमान व भविष्य के कालखण्डों पर भी अपनी ईमानदार एवं आलोचनात्मक दृष्टि डालता है। साक्षी भाव की महत्ता यह है कि यह साहित्यकार को अपने अतीत के कालखण्डों के तटस्थ आलोचनात्मक मूल्यांकन की पृष्ठभूमि तैयार कर देता है। हम किसी कालखण्ड का तटस्थ मूल्यांकन तभी कर पायेंगे, जब हम उससे अपनी सम्पृक्ति को समाप्त कर, उसे हस्तामलक की भांति निहारेंगे। इतिहास में घटी घटनाओं तथा उन घटनाओं के केन्द्र में निहित व्यक्तियों का

तटस्थ एवं आलोचनात्मक मूल्यांकन कालखण्ड के प्रति साक्षित्व के भाव से ही संभव है।

देश, काल और जीवन की दृष्टि से, मानव के विकास के, विभिन्न शोषक व पोषक आयामों की व्याख्या-विवेचना एक सामान्य व्यक्ति नहीं कर सकता है। यह काम या यह जोखिम भरा काम केवल साक्षी भाव को प्राप्त साहित्यकार ही कर सकता है। साक्षित्व के कुछ खतरे भी हैं, यह खतरे जो उठाने को तैयार होता है, वही साहित्यकार बन सकता है। सत्य को वहन करना कितना जोखिम भरा है, यह कोई संवेदनशीन व ज्ञानवान व्यक्ति ही समझ सकता है। साक्षित्व बलिदान मांगता है क्योंकि साक्षित्व में डूबा व्यक्ति देखता है-केवल सत्य, नंगा सत्य और वह कहता है-केवल सत्य नंगा सत्य, चाहे उसे उसकी कोई भी कीमत क्यों न देनी पड़े। पीढ़ियां आयेंगी-जायेंगी, लोग आयेंगे-जायेंगे, लेकिन साक्षित्व को प्राप्त आत्मा सूली पर चढ़कर भी, आग में जलकर भी, जहर पीकर भी सत्य कहती रहेगी, सत्य कहती रहेगी, सत्य कहती रहेगी, और यही सत्य आने वाले पीढ़ियों का शिरोधार्य साहित्य होगा-चाहे उसका रूप गद्य हो या पद्य।

(२) साहित्य और साहित्यकार के सृजन में दुःख व संघर्ष का महत्व :-

जागरूकता या साक्षीभाव का सृजन सुखद परिस्थितियों में अपवादस्वरूप है। बिना ठोकर लगे, बिना दुःख मिले कोई सजग नहीं होता। जीवन में दुःख का आयोजन कुछ इसी तरह, कुछ इसीलिए है। अतः साहित्य और साहित्यकार के सृजन में दुःख का या दुःख के आयोजन का बहुत महत्व है। बिना दुःख व पीड़ा की आग में जले मानव की आत्मा शुद्ध नहीं होती और बिना संघर्ष किए कोई गहरे भाव या उच्च विचार तक नहीं पहुंचता। जीवन की किसी अवस्था में, किसी तरह का दुःखझेले बिना विरक्ति नहीं होती, तटस्थता नहीं आती और न ही साक्षी भाव पैदा होता है। दूसरे शब्दों में, बिना दुःख में डूबे जीवन की निःसारता या उसके नग्न रूप का दर्शन नहीं होता। दुःख के आयोजन की यह पूरी परिस्थिति स्वार्थ के ताने-बाने से रचे संसार को उघाड़कर रख देती है, तभी व्यक्ति सत्य देखता है, और यही अनुभूत सत्य उसे सामान्य व्यक्ति से साहित्यकार में परिवर्तित कर देता है। दुःख का आयोजन चार स्तरों पर मानव जीवन और मानव मन को प्रभावित करता है-

(क) पीड़ा या वेदना की अनुभूति के रूप में।

(ख) मानव की अक्षमता या निर्बलता की अनुभूति कराने वाले कारक के रूप में।

(ग) दुःख से मुक्ति के प्रयास में उद्यमशीलता, साहस व निडरता के उद्‌भव के कारक के रूप में।

(घ) व्यक्ति में सूक्ष्म एवं स्पष्ट दृष्टि के विकास के कारक के रूप में।

दुःख हमें पीड़ा देता है, दुखित करता है, अवसाद से भर देता है। उस दुःख की वेदना इतनी अधिक होती है कि वह कालखण्ड विशेष के बीत जाने के बाद भी स्मृति के रूप में चुभती रहती है। तीव्र वेदना का यह समस्त अनुभव जीवन की

तंद्रा को तोड़ देता है। स्वप्नवत जीवन की क्रियाशीलता खण्डित हो जाती है। आंखों के आँसू बहुत कुछ सोचने पर विवश कर देते हैं, गला रूँध जाता है, ऐसी स्थिति में कुछ समझ में नहीं आता। इस अवधि में आँखें बार-बार गीली-सूखी होती रहती हैं। इस कालखण्ड में प्रत्येक दिन में ऐसा कभी नहीं होता कि एक बार या अनेक बार आँख दु:ख की अधिकता के कारण आंसुओं से न भरी हो। दु:खमय जीवन की वेदना वही समझ सकता है, जिसने उसे महसूस किया हो। दु:ख का रूप चाहे जो हो, दु:ख तोड़ता है, विघटित करता है, एक अर्थ में छिन्न-भिन्न कर देता है। इस अवधि में व्यक्ति में 'बहुत कुछ से' 'नाकुछ' हो जाता है। यह शून्यता एक तरह की निरभिमानता व समर्पण की स्थिति में ला देती है तथा संवेदनशीलता का सृजन कर व्यक्ति को ज्ञानसंपन्न व साक्षी बनाती है। दु:ख के आयोजन का महत्व यह है कि व्यक्ति विभिन्न भावों में डुबता तो है, पर इतना टूट चुका होता है कि संलिप्त नहीं होता। दु:ख की अनुभूति इतने सूक्ष्म रूदन से भर देती है कि व्यक्ति उथला नहीं हो सकता। उसके अंदर एक गहराई, एक शून्यता और एक स्थायी साक्षी-भाव घर कर लेता है। यही स्थिति, व्यक्ति को एक साहित्यकार के रूप में उद्‌घाटित करती है।

दु:ख व्यक्ति को अपनी अक्षमता, अपनी दुर्बलता एवं इस विराट समष्टि में अपनी लघुता व नगण्यता का बोध देता है। जब जीवन में दु:ख आता है, और यदि वह दु:ख व्यक्ति विशेष की समाधान करने की क्षमता के बाहर होता है, तो व्यक्ति अपने को असहाय पाता है। वह दूसरे की मदद भी नहीं ले पाता है, क्योंकि या तो वह दु:ख मानव-मात्र की समाधान-शक्ति की परिधि से बाहर होता है या व्यक्ति का स्वाभिमानी स्वभाव दूसरे की मदद लेने में हिचकिचाता है। इन दोनों कारणों से व्यक्ति अपने अंतरतम में असहाय व अकेला महसूस करता है। यह अकेलापन, यह असहायता व्यक्ति को अपने व्यक्तिगत, पारिवारिक, सामाजिक, राजनीतिक, आर्थिक, धार्मिक, वैज्ञानिक आदि अन्य अस्तित्वों के प्रति गहराई व

तटस्थता से सोचने के लिए बाध्य करती है। इस प्रकार, यह असहायता व्यक्ति के अंदर एक प्रकार की निर्दोषता को जन्म देती है। इस असहायता व अकेलेपन के अनुभव के कारण ही व्यक्ति का उथले, कृत्रिम व प्रदर्शन-जनित जीवन से मोह भंग हो जाता है। फलस्वरूप, वह घोर यथार्थवादी, मानवीय, परदुःखकातर एवं वस्तुनिष्ठ हो जाता है। इससे उसकी तार्किक क्षमता का विकास होता है। वह हवाई किले कभी नहीं बनाता। प्रदर्शन-प्रियता उसे कभी रास नहीं आती। दुःख से उत्पन्न असहायता उसे स्व-अस्तित्व से परिचित भी कराती है तथा पर-अस्तित्व के प्रति संवेदनशील भी बनाती है। व्यक्ति को व्यक्ति से साहित्यकार बनाने में इस चरण की महत्वपूर्ण भूमिका है।

दुःख से उपजी असहायता या अकेलेपन का भाव एक लंबे समय तक संघर्षशील व्यक्ति के व्यक्तित्व का भाग बनकर नही रहता। यह असहायता संघर्षशील व्यक्ति को प्रयत्न या उद्यम करने के लिए बाध्य करती है। वह पर-निर्भरता से बचता है, और जीवन का कोई भी दाँव अपनी कीमत पर लगाता है। वह साहसी बनता है, और यह साहस उसे परिश्रमी व निडर बनाता है। यह निडरता व उद्यमशीलता उसके जीवन के सभी क्षेत्रों में अपना प्रभाव दिखाती है। जो कर्म करने में निडर है, वह कर्म की फल-प्राप्ति में भी निडर होगा। यह निर्भयता उसे सत्य को कहने का तथा जोखिम उठाने का साहस प्रदान करती है। वास्तव में, संघर्षशील व्यक्ति पहले ही इतना दुःख उठा चुका होता है कि आने वाला हर दुःख उसे छोटा लगता है, जो उसकी निर्भयता का एक आंतरिक रहस्य है। वह सोचता है- कि जब इतना दुःख झेल लिया, तो ये भी झेल लूंगा। यह भाव उसके जीवन के साहित्यिक पक्ष पर अपनी छाप छोड़ता है। इस प्रकार संघर्षशील व्यक्ति की निर्भयता उसे एक सच्चा साहित्यकार बनाती है। वस्तुतः साहित्य कुछ और नही, वरन् सत्य की सरस व लोकसंपृक्त अभिव्यक्ति ही है। अतः स्पष्ट है कि निर्भयता व उद्यमशीलता साहित्य व साहित्यकार के सृजन एक मूल तत्व हैं। दुःख का आयोजन साहित्यकार को एक ऐसे

निर्भय मानव के रूप में सृजित करता है कि उसकी गर्जना प्रत्येक मानव में विचार, भाव व जीवन-ऊर्जा का संचार करती है। यही कारण है कि साहित्य में नवरस है। अर्थात् साहित्य केवल अंतर्मुखी ही नहीं, वरन् बहिर्मुखी भी है। वह श्रृंगार या भक्ति ही नहीं, वीर या वात्सल्य भी है। उद्यमशीलता का सृजन व्यक्ति को इन्हीं अर्थों में एक पूर्ण साहित्यकार बनाता है, जिसका पूरा श्रेय दुःख के आयोजन को जाता है। बिना दुःख के इस साहस, इस निर्भयता तथा इस उद्यमशीलता का भाव असंभव है। अतः स्पष्ट है कि दुःख इन अर्थों में भी व्यक्ति को एक साहित्यकार के रूप में गढ़ता है।

दुःख सम्मोहन-विरोधी है। चाहे वह सम्मोहन व्यक्तिगत हो, पारिवारिक हो या सामाजिक, दुःख सम्मोहन को छिन्न-भिन्न कर देता है। व्यक्ति के जीवन में सम्मोहन- तंद्रा, निद्रा या मूर्छा के चाहे जिस भी रूप में हो, दुःख का आयोजन अस्पष्टता व अदृश्यता की हर विधा को, हर अवस्था को, क्रूरतापूर्वक तोड़ देता है तथा व्यक्ति को सदैव के लिए जागरूकता एवं साक्षी-भाव से भर देता है। लिप्तता का नामोनिशान व्यक्ति के चित्त से विलीन हो जाता है। जीवन की सरसता तथा विरक्ति दोनों में व्यक्ति तटस्थ हो जाता है। दृष्टि निर्दोष व सूक्ष्म हो जाती है। दृष्टि निर्दोष व सूक्ष्म होने के परिणामस्वरूप व्यक्ति की सत्य व रस की पकड़ गहरी हो जाती है। वस्तुतः यह सम्पूर्ण उपलब्धि दुःख के आयोजन के परिणाम के रूप में ही संभव होती है। अतः इस स्तर पर भी दुःख को व्यक्ति से साहित्यकार के सृजन की प्रक्रिया का प्रमुख कारक तत्व पूर्ण सहमति के साथ स्वीकार किया जा सकता है।

(3) साहित्य और साहित्यकार के सृजन में व्यष्टिगत शैक्षिक संस्कार, समष्टिगत शैक्षिक वातावरण एवं ज्ञानपिपासा का महत्व :-

साहित्य जिस मनःस्थिति से उपजता है, उसके पीछे गहरे शैक्षिक संस्कार होते हैं। शिक्षा व्यक्ति को सभ्य, संघर्षशील, सहनशील, निडर तथा ईमानदार बनाती है। यदि ये गुण किसी व्यक्ति में न दिखें तो उसे साक्षर माना जा सकता है, किन्तु शिक्षित नहीं, चाहे वह दुनिया की नज़र में कितना भी पढ़ा-लिखा क्यों न हो। शिक्षा हमें 'स्व' तथा 'पर' दोनों के प्रति, प्रतिक्रिया के, आदर्श स्वरूप का बोध कराती है।

प्रत्येक व्यक्ति अपने मनोभाव क्रोध, काम, लोभ, ईर्ष्या, द्वेष, मैत्री, शत्रुता, सहयोग, विरोध, रूदन, हास, उदासीनता, मृदुवचन, कठोर वचन, एवं विभिन्न प्रकार की प्रिय-अप्रिय दैहिक, वाचिक एवं मानसिक भंगिमाओं/विचारों के माध्यम से व्यक्त करता है। इसका अर्थ यह है कि प्रत्येक व्यक्ति अपने शैक्षिक स्तर के अनुरूप प्रतिक्रिया करता है, किन्तु सबकी प्रतिक्रिया साहित्य के रूप में सामने नहीं आ पाती। सुख व दुःख के विभिन्न क्षणों में प्रत्येक व्यक्ति उपरोक्त प्रकार से व्यष्टि व समष्टि के प्रति अपनी प्रतिक्रिया व्यक्त करता है, किन्तु व्यक्ति की ज्ञान संपदा व शैक्षिक संस्कार के अनुरूप उसकी अभिव्यक्ति का रूप भी अलग-अलग होता है। साहित्य व साहित्यकार के सृजन का संबंध एक विशेष स्तर के शैक्षिक वातावरण से है, जिसमें व्यष्टि व समष्टि के प्रति प्रतिक्रिया का रूप अत्यन्त परिष्कृत होता है। इस प्रतिक्रिया का संबंध स्थूलता से न होकर विचार, शब्द व नाद के सूक्ष्म स्पंदन मात्र से होता है। व्यक्ति का शैक्षिक वातावरण उसे प्रतिक्रिया के इस उच्चतर स्वरूप से अवगत कराता है तथा धीरे-धीरे उसे इस प्रतिक्रिया के लिए विकसित और तैयार भी करता है।

अस्तित्व का प्रथम रूप शारीरिक है। व्यक्ति का शैक्षिक वातावरण, व्यक्ति में, वैचारिक विकास के बीज बोकर उसे

शारीरिक-चेतना से वैचारिक-चेतना के रूप में परिवर्तित कर देता है। इस प्रकार व्यक्ति की प्रतिक्रिया शरीर के तल से ऊपर उठकर विचार व शब्द के तल पर स्थित हो जाती है। साहित्यकार के सृजन में इस प्रक्रिया का महत्वपूर्ण योगदान है।

व्यक्ति का शैक्षिक वातावरण, व्यक्ति में, ज्ञान के प्रति आकर्षण व प्यास पैदा करता है। इस ज्ञानपिपासा का परिणाम यह होता है कि व्यक्ति विचार-साधना और शब्द-साधना के लिए सदैव अध्ययनरत रहता है। इस अध्ययनशीलता के कारण व्यक्ति का वैचारिक व शाब्दिक परिष्कार होता है। व्यक्ति वास्तविक अर्थों में शिक्षित बनता है तथा एक ऐसा तल अर्जित करता है, जिस तल पर वह जो कुछ सोचता है, जो कुछ कहता है - वह इतना सूक्ष्म, इतना अनुभूत, इतना सत्य होता है कि उसकी अनुगूँज देश तथा काल में अनवरत सुनाई देती है। अतः स्पष्ट है कि साहित्य एक विशेष शैक्षिक व मानसिक स्तर से उपजी हुई संपदा है। यही शैक्षिक व मानसिक स्तर साहित्यिक-मस्तिष्क को एक सामान्य-मस्तिष्क से अलग करता है।

(४) साहित्य और साहित्यकार के सृजन में वैचारिक-चेतना का महत्व :-

साहित्य और साहित्यकार के सृजन में वैचारिक चेतना के विकास का अत्यन्त महत्व है। जब व्यक्ति में शैक्षिक संस्कारों के फलस्वरूप विचार चेतना का विकास होता है, तो वह अपना बहुतायत जीवन वैचारिक स्तर पर जीने लगता है। वस्तुतः व्यक्ति को साक्षी-भाव वस्तुनिष्ठ बनाता है, जबकि वैचारिक-विकास उसे आत्मनिष्ठ बनाता है। व्यक्ति के वैचारिक ताने-बाने में इतनी आत्मनिष्ठता आ जाती है कि व्यक्ति एक विशेष दृष्टि का धारक बन जाता है, और वह विशेष दृष्टि व्यक्ति को जीवन-जगत को देखने का विशेष दृष्टिकोण प्रदान करती है, जो साहित्य का एक मूलभूत तत्व है।

व्यक्ति में विचार चेतना के उदय के साथ उसमें वैचारिक स्थिरता भी आती है। व्यक्ति कुछ विचारों को व्यक्तिगत, पारिवारिक, सामाजिक तथा राष्ट्रीय जीवन के विकास व उत्थान के लिये आवश्यक मानता है तथा इन विचारों के प्रति अपनी दृढ़ता प्रदर्शित करता है। जब व्यक्ति में कुछ विचारों को लेकर आग्रह पैदा होता है अर्थात् जब व्यक्ति कुछ विचारों को मानक के रूप में स्थापित करता है, तब वह अपने अन्दर एक आलोचनात्मक दृष्टि का उद्भव होते हुये अनुभव करता है, और यही आलोचनात्मक दृष्टि, उसे सत्य तक पहुंचने में सहयोग करती है। बिना कोई मानक स्थापित किये, हम किसी भी सजीव या निर्जीव, स्थूल या सूक्ष्म तथा भौतिक या अभौतिक वस्तु का मूल्यांकन नहीं कर सकते। स्पष्ट दृष्टि और आलोचनात्मक विवेक साहित्य सृजन की पहली शर्त है, जो वैचारिक विकास के परिणाम स्वरूप व्यक्ति में उतरता है, और ये ही तत्व व्यक्ति को साहित्यकार में परिवर्तित करते हैं।

विश्लेषण की क्षमता, जिसे सामान्य भाषा में हम नीर-क्षीर-विवेक कहते हैं, घोर वैचारिक मन्थन के फलस्वरूप ही पैदा होता है। जब व्यक्ति की चेतना घोर अध्ययन एवं

कष्टसाध्य विद्यार्जन के पश्चात् शारीरिक तल का उल्लंघन कर जाती है, तभी व्यक्ति में जीवन के सभी पहलुओं के उत्थान करने वाले मानक विचार जन्म लेते हैं। इस स्थिति में व्यक्ति का व्यक्तित्व वैचारिक हो जाता है, फलस्वरूप उसकी समस्त प्रतिक्रियायें विचारजन्य हो जाती हैं। प्रतिक्रिया का यह विचारजन्य स्वरूप व्यक्ति को कुछ कहने तथा कुछ लिखने के लिये बाध्य करता है, जिसका परिणाम साहित्य के रूप में जगत् के सामने आता है। यदि व्यक्ति की प्रतिक्रिया का रूप वैचारिक न हो, तो कभी भी साहित्य जन्म न लेगा। प्रतिक्रिया का यह वैचारिक व सूक्ष्म रूप ही एक साहित्यकार को आम आदमी से अलग करता है।

(५) साहित्य और साहित्यकार के सृजन में शब्द-चेतना का महत्व :-

साहित्य और साहित्यकार के सृजन में शब्द-चेतना का पर्याप्त महत्व है। उल्लेखनीय है कि शब्द व नाद (ध्वनि) का सम्बन्ध व्यक्ति की चेतना के विकास से है। किसी व्यक्ति की चेतना के विकास का जो स्तर होगा, वह व्यक्ति विशेष उसी चैतसिक-स्तर से संगत शब्द का चयन करेगा। साधारण बातचीत, साहित्य और मंत्र - ये तीनों शब्दों के ही संग्रह हैं, किन्तु तीनों की शक्ति और उनका समयपर्यन्त प्रभाव अलग-अलग होता है। अतः कालजयी साहित्य के निर्माण में शब्द चेतना का बहुत महत्व है। किसी व्यक्ति के पास कितनी शब्द चेतना है तथा उसके पास शब्द चेतना के विकास की कितनी सम्भावना है, यह बात तय करेगी कि वह कितना सफल और प्रभावी साहित्यकार होगा। एक सामान्य व्यक्ति के शब्दों में शब्द-संयोजन व अर्थ तो होता है, किन्तु उसमें नाद, स्पन्दन और चेतना के उच्चतर आयाम के तत्व नहीं होते। यही कारण है कि सामान्य व्यक्ति के शब्द और उसका संयोजन समानुभूति का वाहक नहीं बन पाता। अतः यदि कोई संवेदना, कोई विचार तथा कोई अनुभूति व्यष्टिगत से समष्टिगत होना चाहती है, तो उसे एक विशेष शब्द-चेतना के तल पर आकर स्वयं को अभिव्यक्त करना पड़ेगा।

शब्दों की सरलता, उससे उत्पन्न ध्वनि, उसका उच्च साहित्यिक स्तर तथा उसकी संप्रेषण क्षमता - कुछ ऐसे तत्व हैं, जिन्हें साहित्य सृजन की दृष्टि से शब्द-चेतना के अन्तर्गत शामिल किया जा सकता है। शब्दों का संयोजन, शब्दों की लयबद्धता तथा उससे उत्पन्न ध्वनि- चाहे उसका रूप गद्य हो या पद्य, पाठक को आनन्द से भर देती है तथा उसके मन पर दीर्घकाल तक रहने वाली अमिट छाप छोड़ती है। अतः साहित्य सृजन में शब्द-चेतना के महत्व को उपेक्षा की दृष्टि से नहीं

देखा जा सकता है। एक सामान्य व्यक्ति से एक साहित्यकार में परिवर्तित होने की पूरी प्रक्रिया अनिवार्य रूप से इस बात पर निर्भर करती है कि वह व्यक्ति शब्दों के प्रति तथा उससे उत्पन्न नाद के प्रति कितना जागरूक व गम्भीर है।

(६) साहित्य और साहित्यकार के सृजन में तितिक्षा एवं शीलवानताका महत्व :-

साहित्य और साहित्यकार के सृजन में कुछ व्यक्तिगत गुणों का भी पर्याप्त योगदान है। साहित्य का सृजन वही कर सकता है, जो सहनशील और शीलवान हो। विद्यार्जन, वैचारिक विकास तथा शब्द- साधना उसी में फलित होगी, जो प्रतिकूल परिस्थितियों को सहने में समर्थ होगा। जब हम कष्ट सहते हैं, तभी हम अन्तर्मुखी होते है, और जब हम अन्तर्मुखी होते हैं, तभी हम मननशील होते हैं। जब हम मननशील होते हैं, तभी हम विचार सम्पदा के स्वामी बनते है, और यही विचार सम्पदा हमें संवेदना के साथ 'स्व' को तथा 'पर' को देखने की दृष्टि प्रदान करती है। हम जितने उन्नत विचार सम्पदा के स्वामी होते हैं, उसे व्यक्त करने के लिये हम उतने ही उन्नत शब्दों की खोज करते हैं। वास्तव में, शब्दों की खोज विचारों और भावों को पूर्णतः व्यक्त करने के लिये ही होती है। अतः हमारे पास जितनी ऊँची तथा जितनी मौलिक विचार सम्पदा होगी, हम उसे व्यक्त करने के लिये उतने ही उन्नत तथा उतने ही मौलिक शब्दों का शोध व चयन करेंगे।

उन्नत व मौलिक विचार तथा उन्नत व मौलिक शब्द उथले व्यक्तित्व के धारक में कभी नहीं आ सकते। उन्नत व मौलिक विचार तथा उन्नत व मौलिक शब्द उसी व्यक्ति में उतरेंगे, जो तितिक्षा-क्षम होगा तथा जिसमें कूट-कूट कर शीलवानता भरी होगी। अधीर व क्षणिक प्रतिक्रियावादी व्यक्ति कभी भी गम्भीर-चिंतन का धारक नहीं हो सकता। अगाध धैर्य और अनवरत साधना करने वाला व्यक्ति ही अपने जीवन में विचारों की उस सूक्ष्मता को प्राप्त कर सकता है, जो उसे जगत् के समक्ष एक साहित्यकार के रूप में प्रतिष्ठित कर सकती है। इसी प्रकार, दुःख व प्रतिकूल परिस्थितियों में निरन्तर संघर्षरत व्यक्ति ही शब्द-चेतना के साहित्यिक स्तर को प्राप्त कर सकता है। वस्तुतः साहित्य एक साधना है, इस साधना की सिद्धि व्यक्ति के अन्दर कुछ पात्रता की मांग करती है।

वैचारिक स्वातन्त्र्य और उसकी मौलिकता तपी हुयी आत्मा में निवास करती है। दु:ख व संघर्षों में तपा हुआ शीलवान व्यक्ति ही अपनी चेतना के शारीरिक, वैचारिक एवं आत्मिक आयामों का तटस्थ भाव से साक्षात्कार करने में सक्षम होता है और यही सक्षमता उसे एक व्यक्ति से साहित्यकार में परिवर्तित करती है, तथा उसे विचार व शब्द के उस तल पर ले जाती है, जहां पहुंचकर व्यक्ति जो कुछ सोचता है, जो कुछ बोलता है तथा जो कुछ लिखता है, वह साहित्य बन जाता है।

(७) साहित्य और साहित्यकार के सृजन में मुक्ति की भावनाका महत्व :-

साहित्य और साहित्यकार के सृजन में मुक्ति की भावना का बहुत महत्व है। मुक्ति की भावना का प्रथम पहलू व्यष्टिगत-विरेचन है। उल्लेखनीय है कि साहित्य में मुक्ति का अर्थ विचारों तथा भावों की मुक्ति से है। जब साहित्यकार किसी अनुभव, किसी वेदना, किसी पीड़ा, किसी विचार तथा किसी भाव से गुजरता है, तो वह उसको लेकर विचार-मन्थन तथा शब्द-मन्थन की एक रासायनिक प्रक्रिया से गुजरता है तथा उस समग्र अनुभव व उससे उत्पन्न अन्तर्मुखी प्रक्रिया से उत्पन्न परिणाम को कहे बिना उसे विश्राम नहीं मिलता। इस अनुभव को शब्दों के रूप में विरेचित करना साहित्यकार को मुक्ति का अनुभव देता है। मुक्ति का यह अनुभव समस्त साहित्य-सृजन का केन्द्रीय तत्व है। वेदना कह देने से कम हो जाती है और आनन्द कह देने से बढ़ जाता है। यही बात साहित्यकार को अभिव्यक्ति के लिये विवश करती है क्योंकि उपरोक्त व्यष्टिगत-विरेचन के पश्चात् ही विचारवान व्यक्ति मुक्ति व संतोष का अनुभव करता है ।

इस मुक्ति की भावना का द्वितीय पहलू समष्टिगत-समानुभूति है। इसका अर्थ यह है कि संवेदनशील व विचारवान व्यक्ति स्वानुभव को समष्टि का अनुभव बनाना चाहता है क्योंकि इससे उसे संतोष व तृप्ति का अनुभव होता है।अपना अनुभव जगत् का अनुभव बन जाए- इसमें उसे अपनी साधना व अपने जीवन की सार्थकता दृष्टिगोचर होती है। अतः विचारों एवं भावों से मुक्ति की भावना व्यष्टिगत-विरेचन और समष्टिगत-समानुभूति- इन दोनों से समान रूप से जुड़ी हुई है तथा इन दोनों से समान रूप से संचालित भी होती है। अतः सामान्य व्यक्ति से साहित्यकार के निर्माण में मुक्ति की भावना के इन दोनों पहलूओं (व्यष्टिगत-विरेचन और समष्टिगत-समानुभूति) का अत्यन्त महत्वपूर्ण योगदान है।

(८) साहित्य और साहित्यकार के सृजन में काल की समीक्षा की भावना का महत्व :-

साहित्यकार और उसका साहित्य काल अर्थात् समय का समीक्षक होता है। वह साहित्य के माध्यम से अपने जीवनानुभवों से जुड़े कालखण्ड विशेष व उसमें निहित विविध तत्वों/शक्तियों/व्यक्तियों की समीक्षा करता है। यही बात उसे सामान्य व्यक्ति से अलग करती है। साहित्यकार की सामाजिक, आर्थिक व राजनीतिक स्थिति चाहे जो कुछ हो, वह चाहे सामाजिक, आर्थिक व राजनीतिक हैसियत के निचले पायदान पर ही क्यों न खड़ा हो-वह समय में स्थित निम्न-मध्यम-उच्च सबका समीक्षक होता है। जैसे सत्ता (सत्ता का चाहे जो रूप हो) कुछ नियमों की अनुकूलता-प्रतिकूलता व साम्यता-असाम्यता के आधार पर वैध तथा अवैध का निर्णय देती है, उसके आधार पर न्याय करती है तथा उसके आधार पर दण्ड का निर्धारण करती है, उसी प्रकार साहित्यकार चिरशाश्वत व मानवीय मूल्यों के आधार पर कालखण्ड विशेष व उसमें निहित विविध तत्वों/शक्तियों/व्यक्तियों की आलोचनात्मक समीक्षा करता है तथा उन्हें उत्कृष्ट-निकृष्ट एवं सही-गलत सिद्ध करता है।

साहित्यकार समय की ज्वाला में जलकर कभी भस्म नही होता,और न ही समय के प्रलय प्रवाह में बहकर डूबता या छिन्न-भिन्न होता है। वह समय के थपेड़ों को झेलता हुआ, समय के बंधन से मुक्त होकर, तटस्थ खड़े रहकर, सत्ता से बिना डरे समय व उसमें निहित विविध तत्वों/शक्तियों/व्यक्तियों की समीक्षा करता है। चाहे वो राजनीतिक सत्ता हो, चाहे वो आर्थिक सत्ता हो या फिर सामाजिक सत्ता हो-साहित्यकार सबको अपने हाथ में उठाकर एक छोटी वस्तु (हस्तामलक) की भांति उलट-पलट कर देखता है तथा उसका निर्भीकता से सत्य वर्णन करता है। उल्लेखनीय है कि सत्य सदैव आलोचनात्मक होता है, क्योंकि हम जीवन को जीवन के उच्च मापदण्डों पर सामान्यतः नहीं जी पाते। अतः सत्य का वर्णन सदैव कटु समीक्षा का रूप ले लेता है। परिणामस्वरूप साहित्यकार की यह

सत्य-साधना जगत् के समक्ष कालखण्ड की समीक्षा के रूप में सामने आती है।

शक्तिसम्पन्नता या सत्ता (चाहे उसका रूप राजनीतिक, धार्मिक, आर्थिक या सामाजिक हो) स्वयं को सदैव सही मानती है। उसके उत्कर्ष काल में उसकी आलोचना करने का साहस किसी में नहीं होता है। इसकी समीक्षा का जोखिम भरा साहस केवल वह साहित्यकार ही कर सकता है, जिसकी आत्मा में, सत्य-साधना के बाद, दुःखों व संघर्षों की आग में जलने के बाद, केवल सत्य को पीने, जीने व कहने की प्यास बची हो। आम आदमी से साहित्यकार बनने की प्रक्रिया में काल की समीक्षा का यह तत्व अत्यन्त महत्वपूर्ण है, क्योंकि आम आदमी काल में जीता है, काल के द्वारा प्रताड़ित होता है, काल में आनन्दित होता है, किन्तु वह काल की परिधि का उल्लंघन नहीं कर पाता, वह सदैव काल से तथा काल के भय से जीवन भर बँधा रह जाता है। वह समय के प्रवाह में यंत्रवत बहता रहता है, उसमें साहस नहीं होता कि वह समय के प्रवाह के विरूद्ध खड़े रहकर जीवन के शाश्वत मूल्यों के सन्दर्भ में समय की तटस्थ समीक्षा कर सके। साहित्यकार अपने साहस व सत्य-साधना से समय की बंधनकारक-भयदायक परिधि का उल्लंघन कर जाता है, और यही बात उसे काल का समीक्षक बनाती है। अतः स्पष्ट है कि साहित्य और साहित्यकार के सृजन में काल की समीक्षा की अटूट व निर्भीक प्यास का महत्वपूर्ण योगदान है।

(१)

चक्रव्यूह

यह कविता नारीवादी आंदोलन से उपजी देहवादी अहंकारी मानसिक विकृतियों को स्वयं में समेटती है। इस कविता में स्त्री देह और उससे उपजे उपयोगितावादी अहंकार को पूरी तरह समाहित करने का प्रयास किया गया है। महिला छात्रावास में रहने वाली कैरियर- ओरिएन्टेड युवतियों के सानिध्य से अर्जित अनुभव की आलोचनात्मक व्याख्या इस कविता में की गई है।

संख्या - १
चक्रव्यूह

मुझे
घृणा है
माँ बनने से,
क्योंकि
वहाँ
सृजन और पोषण
मेरी देह से होगा ।।१।।

मुझे
नहीं स्वीकार है,
किसी की
सहधर्मिणी
बनना,
क्योंकि
वह मुझसे
दायित्व-बोध
चाहेगा ।।२।।

मैं नहीं चाहती
किसी की
प्रेमिका
बनकर,

संघर्ष-काल में
भावनात्मक संबल
बनना,
क्योंकि
यहाँ
डर है
मेरे यूज़ होने का ।।३।।

मैं चाहती हूँ
एक रिसेप्शनिस्ट,
एक मॉडल,
एक एक्ट्रेस
या एक
वर्किंग-वूमन
बनना,
क्योंकि
वहाँ 'मुक्ति' है,
अपनी शर्तों पर
'जीवन' है ।।४।।

मुझे
अच्छा लगता है
बड़े गले का स्लीवलेस,
बैकलेस ब्लाउज़
जिसमें
केवल
एक डोरी हो,
और
मुझे पसंद है

ट्रान्सपैरेन्ट टॉप,
लो-कट-जीन्स ,
मिनी-स्कर्ट
और
बिकनी
ताकि
लोग मजबूर हों
मुझे
घूरने के लिए ।।५।।

मुझे पसंद है
सेक्स
अपनी शर्तों पर,
अपने तरीके से
या
अपने लक्ष्यों की
प्राप्ति के लिए ।।६।।

इसीलिए
मुझे
झुकना पसंद है
केवल
अपने
बॉस के सामने,
और,
मुझे
विनोद प्रिय है
केवल
अपने सहकर्मियों का ।।७।।

भावनात्मक संबंधों को
मैं रखती हूँ
अपनी जूतियों तले,
क्योंकि
वहां 'शोषण' है ।।८।।

पति को,
बच्चों को,
परिवार को,
सँभालना
उन कसमों के,
विरूद्ध है,
जो मैंने
खायी थी,
छात्रावास में
अपनी
समलैंगिक
सहेलियों के साथ ।।९।।

मेरा
शाश्वत स्वप्न है,
अपनी देह का
अपनी शर्तों पर उपयोग,
पर शायद,
यह स्वप्न
अब तक
अधूरा है,
क्योंकि
यह दुनिया है,

मर्दों की
और,
मेरे बॉस ,
मेरे सहकर्मी
मेरे पुरजन,
मेरे परिजन
सभी मर्द हैं ।।१०।।

ऐसा लगता है,
कभी-कभी
अपनी चाहतें
पूरी करने की
ज़िद में
मैं फँस गयी हूँ,
देह के
एक नये चक्रव्यूह में
नहीं है जहाँ,
भावना का लेश
है केवल
व्यावसायिकता,
शोषण
और अजनबीपन ।।११।।

पर
जो भी हो,
आज
मेरे पास है
स्वतंत्र पहचान
और

प्रसिद्धि
और,
वो सब कुछ
जिसके लिए
तरसतें हैं,
इस देश के
तमाम लोग
इसलिए,
यह चक्रव्यूह
मुझे पसंद है ।।१२।।

- शैलेन्द्र सागर सिंह
(२८ अप्रैल, २०१४)

(२)

स्वामी

इस कविता में समर्पित पत्नी एवं विकृति मानसिकता वाले हिंसक- नरपिशाच पति के ताने-बाने को समेटने की कोशिश की गई है। विवाह के पश्चात् हमारी संस्कारित, सुशील व सभ्य बहनों-बेटियों के साथ ससुराल में जो अत्याचार होता है, उससे व्यथित होकर यह कविता लिखी गई है।

संख्या- २
स्वामी

हर रात
टूट जाती है,
मेरे बच्चों की
नींद।
थप्पड़ों
और
गालियों की,
तेज आवाज़ से ।।१।।

इतनी रात कहाँ थे,
यह सवाल
जगा देता है,
मेरे स्वामी के
सोये राक्षक को।
और,
छोड़ देता है
कुछ निशान,
मेरी देह पर,
मेरे मन पर ।।२।।

कितने अरमानों से
भेजा गया

मुझे ससुराल,
प्रेम-सुरक्षा-सम्मान भरे
सपनों के साथ।
पर किसे
पता था,
बीतेगा हर दिन-हर रात,
हिंसा
और
अपमान
के साथ ।।३।।

स्वामी की नज़र में,
पातिव्रत्य का ठेका
मेरे नाम है।
और,
उनके
पुरूषत्व के
अनेकों आयाम हैं ।।४।।

मेरे स्वामी
मनुष्य कम,
पुरूष अधिक हैं।
उनका
पति-पिता होना,
सहज नहीं,
मात्र दुर्घटनाएँ हैं ।।५।।

हर रात पिटो,
सुबह मुस्कुराओ,

यही तो संस्कार है।
और,
स्वच्छन्दता
मेरे स्वामी का
जन्मसिद्ध अधिकार है ।।६।।

अवचेतन में
बैठे
संस्कारों का भय,
कोई देख न ले
मेरे देह के
काले निशान।
पापी संस्कार कहता,
बने रहने दो
स्वजनों को इससे अनजान ।।७।।

वो कसमें
वो अग्नि के फेरे
वो सिन्दूर,
कैसे सब
झूठ हो जाता है।
एक पल में
इंसान-सा
दिखने वाला जीव,
कैसे राक्षस हो जाता है ।।८।।

कभी-कभी
सोचती हूँ ,
संस्कारित बहुएँ

खोजने वाले
माँ-बाप,
अगर दे देते
कुछ संस्कार
अपने बेटों को।
तो,
मेरी जैसी
बेटियों के
तन पर-मन पर,
इतने
घाव न होते ।।१।।

- शैलेन्द्र सागर सिंह
(१२ जुलाई, २०१४)

(३)
अधिपति

प्रत्येक कार्यालय या ऑफिस में, प्रत्येक राष्ट्र या राज्य में, एक अत्याचारी-मुखिया होता है, जो अपने मातहतों एवं शासितों के प्रति अत्यंत क्रूर एवं हिंसक होता है। यह एक ऐसा व्यक्ति होता है, जो अपने मन में स्वयं को सर्वाधिक गुणी, सर्वाधिक ज्ञानी तथा सर्वश्रेष्ठ मानता है। दूसरे व्यक्ति की बात या उसका विचार या उसका निर्णय कितना ही उत्तम क्यों न हो, अधिपति की भूमिका में बैठा व्यक्ति उसे सुनना या स्वीकार करना नहीं चाहता। अपने निर्णयों पर उसे पुनर्विचार प्रिय नहीं होता क्योंकि वह अपनी आत्ममुग्धता में यह मान चुका होता है कि वह या उसके निर्णय कभी गलत नहीं हो सकते। यह मुखिया सदैव अपने मातहतों एवं शासितों को अपनी शासकीय शक्ति से सदैव भयाक्रांत किए रहता है। 'अधिपति' इस क्रूर एवं सनकी मुखिया पर लिखी गई कविता है।

संख्या-३
अधिपति

वो अधिपति है,
जान कर
जन,
करते
बाध्यकारी वंदन।
गृहस्थ-भारित,
जर्जर
तन-मन,
करते
अन-इच्छित अभिनंदन ।।१।।

न ही साहस,
कोई कर सके,
विरोध करना,
सम्मुख उसके।
वो क्षण में
हर लेगा
सर्वस्व,
हत्यारे हस्ताक्षर से ।।२।।

उसका अहं,
क्रोध उसका,

उसकी ग्रन्थियाँ,
व पागलपन।
सब है,
जन-शिरोधार्य,
जन-गण करते
उसका पूजन ।।३।।

उसकी वासना,
इच्छा उसकी,
उसके लालच,
उसकी प्रियता।
सारा-जग
अविलम्ब पूर्ति सबकी,
'प्रसन्न-मुख' से
करता रहता ।।४।।

अपने मन में
वह सर्वश्रेष्ठ,
पृथ्वी की,
स्वयंभू प्रतिभा।
उसके जैसा न,
भूत-भविष्य,
ऐसा सदैव,
कहता रहता ।।५।।

पसन्द नहीं,
उसे म्लान-मुख,
न ही अभाव-दीनता उसे।
अभिनय-प्रेरित,

दु:ख हो प्रच्छन्न,
सुख-सुख दिखता,
सर्वत्र उसे ।।६।।
वह आत्ममुग्ध,
निर्दयी क्रुर,
हिंसक
और
लहू का प्यासा ।
अकिंचन
और
भूखे प्यासे,
लोगों की
हर ली
सब आशा ।।७।।

प्रिय हैं
उसे,
समृद्ध-सुमुख,
गौर-वर्ण,
कोमल शरीर।
दीन-हीन,
बलहीन-कुरूप,
उसे चुभते,
ज्यों तीव्र-तीर ।।८।।

उसे स्वार्थ,
धन-सत्ता से,
शक्ति व,
सर्वोच्च पद से।

जिये-मरे
कोई निर्दोष,
केवल साध्य
अभीष्ट उसे ।।९।।
जन-जीविका का
भक्षक वो,
निरंकुश व
करूणा-विहीन।
दया-प्रेम
भावों से युक्त,
सन्तानहीन-परिवारहीन ।।१०।।

छवि का लोलुप,
प्रदर्शन-प्रिय,
उथले ज्ञान का,
धारक वो।
शास्त्र-गुरू से,
विमुख सदा,
मिथ्या-ज्ञान
प्रचारक वो ।।११।।

वो
जन सम्मोहन में निष्णात,
इन्द्र-जाल में पारंगत।
जन सहसा
लख नहीं सकते,
ऐसी उसकी,
रंगत-ढंगत ।।१२।।

कब-कौन खबर,
चाहिए उसे,
खबरों का
कुशल खिलाड़ी है।
उसके सम्मुख
जनगण-मर्कट,
वो सबसे बड़ा
मदारी है ।।१३।।

विलास में बैठ,
वह 'त्यागी' है,
भोग में बैठ,
वो 'योगी' है।
मीडिया कहती
वो 'सच्चा' है,
जनता कहती,
वो ढोंगी है ।।१४।।

- शैलेन्द्र सागर सिंह
(१३ सितम्बर, २०२०)

(४)
आधुनिका

यह कविता भौतिक उपलब्धियों के आधार पर उपजे प्रेम संबंधों पर एक कटाक्ष व व्यंग्य है। आधुनिक जीवन में गरीब एवं अभावग्रस्त जीवन पर सौंदर्य का धारक कभी मुग्ध नहीं होता। आज के भौतिकवादी समय में सौंदर्य के धारक को इस बात से संतुष्टि मिलती है कि जिसे वह प्रेम का पात्र समझता है, वह भौतिक उपलब्धियों से भरपूर है। यह कविता इसी वेदना से उपजी है।

संख्या - ४
आधुनिका

अब
इकट्ठे हो गये है,
मेरे पास,
कुछ नोट,
कुछ सिक्के।
अब मैं
कर सकता हूँ
प्यार,
तुमसे हिल-मिल के ।।१।।

मैं अब
लम्बी कारों में
बैठाकर,
निहार सकता हूँ
तुम्हारी
नीली आँखें।
और किसी
महँगे
रेस्तराँ में
ले जाकर,
कर सकता हूँ,
प्यार भरी बातें ।।२।।

अब
मेरे पास
सब कुछ है,
जो तुम्हें पसंद है।
इसलिए,
मैं छू सकता हूँ,
तेरे
सूर्ख-गर्म होंठ ।।३।।

अब
मैं सफल हूँ,
अतः मुझे
अनुमति है,
अपने
थके हाथ
फेरने की,
तेरे
रेशमी
गेसुओं पर।
और
दुनियादारी से बोझिल,
अपना
सर रखने की,
तेरे
उन्नत वक्षों पर ।।४।।

अब
इस बात से,
तुझे भी
बेइंतहा फ़ख्र है।
कि
जिसकी बाहों में
होती हूँ ,
हर रात बेपर्दा,
वो शख्स,
फेमस है ।।५।।

- शैलेन्द्र सागर सिंह
(२३ जुलाई, २०१३)

(५)
यामिनी

यह कविता रहस्यवाद की श्रेणी में आयेगी। वस्तुतः यह कविता एक कथा पर आधारित है। कथा यह है कि कुछ यात्री रात के अंधेरे में रेगिस्तान से गुजर रहे थे। बहुत दूर चलने के बाद अंधेरे में एक आवाज आयी कि- "जहां खड़े हो वहीं रूक जाओ, और नीचे झुको। तुम लोगों के पैरों के पास जो पत्थर पड़े हैं, उन्हें अपनी-अपनी झोलियों में भर लो।" अंधेरे में आये इस अज्ञात आदेश का पालन करते हुए भयवश उन राहगीरों ने अपने-अपने झोले में पत्थर उठाने शुरू कर दिये, लेकिन उन्हें यह डर था कि यदि पत्थरों की वजह से झोले ज्यादा भारी हो गए तो यात्रा कठिन होगी। यह सोचकर सभी ने कम ही पत्थर उठाये। पत्थर उठाने के बाद फिर आवाज आयी कि- "अपने रास्ते पर निकल जाओ और सुबह होने से पहले कहीं रूकना मत।"

यात्री चलते रहे, सुबह हुई तो उन्हें यह जिज्ञासा एवं उत्सुकता हुई कि अपनी-अपनी झोली को खोलकर एक बार देखा जाये। झोला खोलकर देखने के पश्चात् वे सभी प्रसन्न एवं दुखी एक साथ हुये। प्रसन्नता इस बात की थी कि वे सारे पत्थर बहुत कीमती थे और दुःख इस बात का था कि इतने कम क्यों उठाये।

जीवन की अंधेरी रात में, अपने संघर्षों में, अपने अभाव के दिनों में प्रत्येक व्यक्ति कुछ न कुछ अर्जित करता है और वह यह सोचता है कि यह संघर्ष कितनी जल्दी बीत जाता। लेकिन यह सत्य है कि अपने संघर्ष काल में हम जो कुछ अर्जित करते हैं, वह कभी भी समृद्धि एवं सुख काल में अर्जित नहीं हो सकता। अन्तर्दृष्टि से भरा व्यक्ति जीवन के सद्गुणों की प्राप्ति हेतु

हमेशा यह सोचता है कि काश! संघर्ष कुछ और लम्बा चला होता, ताकि जीवन में कुछ और सद्गुण अर्जित हुये होते।

यह कविता उपरोक्त कथा कि इसी मूल भावना पर आधारित है।

संख्या -५
यामिनी

वह रात न थी,
उसे रात बनाया गया
मेरे लिए ।।१।।

ताकि मैं
सीख सकूँ,
अँधेरे में चलना;
और मैं,
टूटकर
कर सकूँ प्यार;
और खोज सकूँ,
कुछ उजाला,
जीवन के लिए ।।२।।

अब
यामिनी समाप्त,
मंदस्मित प्रभात,
शीतल अरुणिमा की
गोद में बैठ,
निहारता हूँ
अपना अर्जन
विस्मय से,

हर्ष से,
क्षोभ से,
कचोट से ।।३।।

विरोधों की
संध्या में,
दृष्टिरहित
अँधेरे में,
दुःखभरी रात में,
जिन्हें
उठाये थे
कंकड़ समझकर,
केवल
किसी के कहने पर,
नितान्त अकेले में
घुट-घुट कर,
वो
हीरे निकले ।।४।।

- शैलेन्द्र सागर सिंह
(१३ अक्टूबर, २०१०)

(६)
वो और मैं

जीवन की एक योजना हम बनाते हैं और एक योजना प्रकृति बनाती है। जीवन के आयोजन को लेकर इस योजना-भेद से जीवन में द्वंद्व पैदा होता है। दूसरे शब्दों में, प्रकृति हमारे जीवन को जिस प्रकार से ले चलती है, और जिस तरह से हमारा अहंकार जीवन को लेकर चलना चाहता है, इन दोनों का द्वंद्व हमारे जीवन में एक बहुत बड़े तनाव का कारण बनता है। इसी द्वंद व उससे उपजे तनाव को इस कविता में समाहित किया गया है।

संख्या- ६
वो और मैं

किंचित असहमति,
थोड़ा क्षोभ,
कुछ बेचैनी,
मेरे हमसफर।
एक जीवन,
एक ही मन,
दो विकल्प,
पग-पग पर ।।१।।

मेरा जीवन,
उसका आयोजन,
यह
मेरा भी है,
उसका भी।
कुछ खिल जाये,
सुरभि फैले,
अभिलाषा है,
दोनों की ।।२।।

दृष्टिभेद से
जलता
जीवन,
द्वन्द्व से
गति
बाधित होती।
मेरी-उसकी,
उसकी-मेरी
कभी नहीं
पूरी होती ।।३।।

उसने चाहा
मैं
मर जाऊँ,
पर सहमत
मुझे वो
कर न सका।
मरकर
क्या मुझे
चैन मिलेगा ?
यही सोच
मैं मर न सका ।।४।।

शेष रह गया,
आर-पार का,
द्वन्द्व-क्षोभ
और
जलन-घुटन।
उसका-मेरा
भेद रह गया,
एक-हृदय
नहीं हुए बदन ।।५।।

- शैलेन्द्र सागर सिंह
(१३ अक्टूबर, २०१२)

(७)

विरक्ति

यह सांसारिक जीवन से ऊब व थकान की कविता है। सब कुछ कर चुकने के बाद, जीवन में जो नि:सारता व थकान अनुभूत होती है, यह कविता उसी मन:स्थिति से उपजी है।

संख्या- ७
विरक्ति

ऐसा कोई
गीत नहीं है,
गाकर जिसे
मैं तन्मय होऊँ।
ऐसा कोई
मीत नहीं है, पाकर जिसे
मैं खुद को
खोऊँ।।१।।

कोई नहीं है,
इस दुनिया में,
जिस पर करूँ
मैं प्राण निछावर।
कैसी दुनिया,
कैसा मेला,
इसमें बैठ
अकेले रोऊँ।।२।।

किससे कहूँ
कि जाकर कह दो,
अब यह खेल
बहुत हो चुका।

खेल-खेल में,
खेल-खेल कर,
अब मैं हूँ
अत्यन्त थक चुका।।३।।

सोने दो,
अब मुझे चैन से,
ईर्ष्यावश न
मुझे जगाओ।
जाने दो,
अब मुझे यहाँ से,
बंधन में मैं
बहुत रह चुका ।।४।।

- शैलेन्द्र सागर सिंह
(१३ मार्च,२००७)

(८)
आघात

कभी-कभी जीवन का आकलन करने पर, जीवन के निष्कर्ष के रूप में दु:ख का पलड़ा भारी दिखता है और व्यक्ति को ऐसा लगता है कि पूरा जीवन दुखमय ही बीत गया। इस स्थिति में, व्यक्ति यह सोचने लगता है कि यदि कुछ छोटे-छोटे सुख-कणों को छोड़ दिया जाए, तो मेरे जीवन में बहुतायत में केवल दु:ख ही दु:खहै। यह स्थिति व्यक्ति को अत्यंत पीड़ा एवं क्षोभ से भर देती है। यह कविता इसी क्षुब्ध मन:स्थिति से उत्पन्न हुई है।

संख्या-८
आघात

हो असन्तुष्ट,
जीवन से,
प्रतिक्षण,
मन तू,
किसको,
खोज रहा।
ऐसा क्या,
चाहा था,
तुमने,
जो तुझे,
अभी तक,
नही मिला ।।१।।

मिला बहुत,
पर कुछ न मिला,
यह उपलब्धि
एक छलावा है।
पल-पल उठती,
एक जलन-चुभन,
'जीवन' खोकर,
'कुछ' पाया है ।।२।।

मुट्ठी भर सुख
इतने आघात,

करतें है,
प्रतिक्षण,
मुझे व्यथित।
जिनको सहते,
सहते-सहते,
सारा जीवन
गया है बीत ।।३।।

किसने-किसने,
दी है चोट,
गिन न सकूँगा,
अँगुली पर।
फिर भी,
कह दूँ,
उन आघातों को,
जिन्हें न भूला,
जीवन-भर ।।४।।

एक ईश्वर ने,
एक समाज ने,
कुछ स्वयं ही
मैंने मारा है।
किसको दोष दूँ
मै 'असहाय',
बस सारा 'दोष'
हमारा है ।।५।।

- शैलेन्द्र सागर सिंह
(१३ सितम्बर,२००७)

(९)
बेवफा

परमात्मा का प्रेम व उसकी करूणा कठोर होती है। उसका रूप हमेशा वक्र होता है। उसकी अदृश्यता और उसकी तटस्थता मानव मन को सदैव दुखी करती है। यह कविता इसी मन:स्थिति से उपजी है।

संख्या -९
बेवफा

उसने तोड़ दिए,
एक-एक कर,
अपने
सारे वादे।
फिर भी
वो कहता है,
उसमें बहुत वफाएँ हैं ।।१।।

उसने चुभायें हैं,
हर दिन-हर रात,
मेरे
बदन में नश्तर।
फिर भी
वो कहता है,
ये उसकी दुआएँ हैं ।।२।।

उसने
कभी-भी
नहीं थामा,
मोहब्बत से,
मेरा हाथ।
फिर भी

वो कहता है,
हम कहाँ पराए है ।।३।।
हर महफिल में
किया है,
जानबूझकर
बेइज्जत-बदनाम
उसने।
फिर भी
वो कहता है,
आप बेवजह
घबराए है ।।४।।

उसने
टूटने दिया
हमें,
टुकड़े-टुकड़े,
अपनी नज़रों के सामने।
फिर भी
वो कहता है,
हम आप के साए हैं ।।५।।

मेरे
मरने के बाद
नहीं आयी,
उसके
चहरे पर,
एक भी शिकन।
फिर भी
वो कहता है,

हमने आँसू
बहुत बहाए हैं ।।६।।

हो सकता है,
उसकी दुनिया में,
मोहब्बत का
यही दस्तूर हो।
आखिर!
वे 'ऊँचे' लोग है ,
'कुछ अलग' उनकी
अदाएँ है ।।७।।

- शैलेन्द्र सागर सिंह
(०६फरवरी,२०१४)

(१०)
श्रद्धा और द्वंद्व

भारतीय दर्शन और भारतीय अध्यात्म पुरूष (आत्मा) को श्रद्धामय मानता है। व्यक्ति की श्रद्धा उसका परिचय ही नहीं, वरन् उसके अस्तित्व का निचोड़ भी है। श्रद्धावान व्यक्ति किस प्रकार विभिन्न विपरीत परिस्थितियों में अपनी श्रद्धा को संभालता हुआ संघर्षों में गतिमान होता है तथा उसे इस गतिमानता में किन-किन मन:स्थितियों से गुजरना पड़ता है, यह कविता इसी विषय को स्वयं में समेटती है।

संख्या-१०
श्रद्धा और द्वंद्व

अ-प्रकाश,
अ-सानिध्य,
पथ नितान्त
सुनसान।
श्रद्धा का
दीप एक,
गिरता-सँभलता
गतिमान ।।१।।

कोई अदृश्य,
छाया बन संग,
प्रतिक्षण ऐसी
प्रतीति होती।
तरसे नैन
कि दिख जाए,
झलक कभी
नहीं मिलती ।।२।।

यह लहुलुहान,
तन व मन,
यात्रा लंबी
और चित्त विकल।
कोई अवलम्ब
तो मिल जाए,

सदा सोचता,
नयन-सजल ।।३।।

गहन अँधेरा,
ऊहापोह,
कोई न सहारा,
कोई न किरण।
श्रद्धा और विश्वास है ये,
कभी तो सँभलेगा जीवन ।।४।।

जिसने 'रीढ़' और 'नयन' दिये,
वो छोड़ के कैसे जाएगा।
मन ये तो मान नहीं सकता,
वो न आये,
वो आयेगा ।।५।।

भरा
निराशा-आशा से,
द्वन्द-समूह
मन में लेकर।
श्रद्धा सदैव
गतिमान रही,
संघर्षों में
ऊर्जा देकर ।।६।

बस दिख जाए,
उसकी चौखट,
रख दूँ दीप
ये श्रद्धामय।
उस अदृश्य

चरणों में बैठ, हो जाऊँ
स्वयं प्रकाशमय ।।७।।

मैं मर जाऊँ,
परवाह नहीं,
उजाला
करके जाऊँगा।
ये प्रेम-मार्ग,
और चला हूँ मैं,
मिटकर भी
वचन निभाऊँगा ।।८।।

छाया-बन,
छोड़ा उसने,
इस बीच राह में
लहुलुहान।
कैसे छोड़ दूँ,
मैं उसको,
उसके मुझ पर
इतने एहसान ।।९।।

वो श्रद्धा-केन्द्र,
निर्बल का बल,
वो असहायों की आशा है।
स्वार्थी-क्रूर
संसार में वह,
निरीहों की दिलासा है ।।१०।।
वो जैसा है,
वो दोषमुक्त,
देता सुख-दुःख

समदृष्टि से।
क्या वही कम,
इस दुनिया में, वो दिया
बिना कुछ
लिये हुए ।।११।।

उसका
सब कृत्य
अहेतु है,
विनिमय से मुक्त
व प्रेमपूर्ण।
उसको कैसे
दोष दूँ मैं,
वो समर्थ,
मैं अश्रुपूर्ण ।।१२।।

पर टीस रही,
सदैव मन में,
उसके अमूर्त-अदृश्य-पन की।
क्यूँ रहा तटस्थ,
वो जानकर भी,
भाव-कुभाव
सबके मन की ।।१३।।

- शैलेन्द्र सागर सिंह
(१७ जनवरी,२००४)

(११)
तेरी याद

मेरे जैसे सामान्य आदमी के लिए परमात्मा केवल एक नाम है। नाम के माध्यम से ही हम उस विराट को स्मरित कर सकते हैं। हम जैसे सामान्य लोगों के लिए परमात्मा का सानिध्य पाने का एकमात्र उपाय उसका स्मरण है। परमात्मा का स्मरण उसके सानिध्य के भाव से भर देता है। यह कविता इस स्मरणजनित सुख की स्मृति से उपजी है।

संख्या-११
तेरी याद

गजब की मिठास,
है तेरी याद,
गहरा एहसास,
है तेरी याद।
रोएँ-रोएँ में उठती,
सिहरन है ये,
इक गुदगुदी-सी,
है तेरी याद ।।१।।

कभी तेरी याद,
है एक आह,
कभी तेरी याद,
है मेरी मस्ती।
हर वक्त तू,
यादों में बसा,
भूला नहीं हूँ,
मैं तुझको कभी ।।२।।

दुनिया की धूप,
तेरी याद छाया,
तेरी याद तपते,
बदन पर फुहार।

तेरी याद करती,
अँधेरे को रौशन,
तेरी याद मेरे,
पतझड़ की बहार ।।३।।

तू कभी न मिला,
ये पता न चला,
तेरी याद,
पकड़े रही,
मेरा दामन।
साँसों में घुलकर,
ये कहती रही,
कैसा बिछड़ना,
कैसा मिलन ।।४।।

तेरी याद है,
एक कोमल छुअन,
तपते बदन-सी,
खुशबू भरी।
तेरी याद ठंडी,
हवा का है झोंका,
जो छूता है हरपल,
पर दिखता नहीं ।।५।।

- शैलेन्द्र सागर सिंह
(१३ जून,२०१३)

(१२)
मोहब्बत का रिश्ता

हमारे जीवन में दो तरह के संबंध पाए जाते हैं- एक, रक्त-संबंध तथा दूसरा, भाव या प्रेम-संबंध। रक्त-संबंध एवं भाव-संबंध में भाव-संबंध श्रेष्ठ होता है। रक्त-संबंध दुनियावी तल पर संबंध जैसे प्रतीत होते हैं, उन्हें प्रत्येक व्यक्ति प्रत्यक्ष देख सकता है, किन्तु भाव के स्तर पर वे खोखले सिद्ध होते हैं। प्रेम व भाव से उपजे संबंध, सम्बन्ध होने का ढिंढोरा नहीं पीटते, फिर भी उनकी गुणवत्ता व गहराई रक्त-संबंध से कहीं अधिक होती है। वस्तुतः हमारे जीवन का सार हमारे प्रेम-संबंध ही हैं। इस छोटी सी कविता में प्रेम-संबंधों की इसी महत्ता को स्वीकार किया गया है।

संख्या-१२
मोहब्बत का रिश्ता

नहीं जी सकता,
मैं तेरे बिना,
नहीं कुछ भाता,
है तेरे बगैर।
दुनिया समझती,
कि तू है पराया,
कैसे कहूँ,
तू नहीं मुझसे गैर ।।१।।

दुनिया का क्या है,
वो किसकी हुई है,
जिसे उसने देखा,
उसी को है माना।
ये रिश्ते लहू के,
समझते सभी हैं,
मोहब्बत का रिश्ता,
कोई एक जाना ।।२।।

समन्दर को,
सूरज को,
सबने है देखा,
किसी ने

हवाओं को,
देखा नहीं है।
फिर भी
तो चलती हैं,
साँसें हमारी,
हवाओं से क्या,
अपना रिश्ता नहीं है ।।३।।

- शैलेन्द्र सागर सिंह
(१५ फरवरी,२०११)

(१३)
सहचर

भारतीय पारिवारिक व्यवस्था में पत्नी एक ऐसा संबंध होता है, जिसमें माता-पिता, भाई-बहन तथा मित्र-सहयोगी सभी की झलक एक साथ मिलती है। बिना शिकायत के पति की वासनाओं को अपने ऊपर झेल कर उसे शुद्ध व वासनामुक्त करना- केवल इसी संबंध में संभव होता है। सुख व दुःख में एक प्रबल सहयोगी की तरह साथ खड़े रहना भी इस संबंध की एक अन्य विशेषता है। जीवन में निर्दोष व निश्छल जीवनसाथी का महत्व और उसका आनंद वही जान सकता है, जिसे परमात्मा ने यह आनंद दिया हो। यह कविता जीवन में जीवनसाथी के इसी प्रवेश और उसके सानिध्य से उत्पन्न अहोभाव की अनुभूति से उपजी है।

संख्या-१३
सहचर

एकल जीवन की,
अग्नि में मिला।
सहचर है वो,
निश्छल मेरा।।१।।

पाकर उसका,
प्रणय-प्रेम मधुमय।
उठता गया,
मैं कभी न गिरा ।।२।।

मेरी एक मांग,
उसने सब कुछ लुटाया।
समर्पित हुआ,
प्रेम प्रतिफल रहा ।।३।।

अधरों की प्यास,
वो मधुर जल बना।
किया पूर्णकाम,
स्वयं रति-रत रहा ।।४।।

मेरी प्रौढ़ता में,
बना वो किशोर।
मेरी वृद्धता में,
वो बालक रहा ।।५।।

भावुक हुआ,
तो संभाला मुझे।
हुआ भाव-रिक्त,
भावों से भरा ।।६।।

जीवन दुखों में,
सभी संग छूटे।
सहयात्री अनथक,
वो चलता रहा ।।७।।

- शैलेन्द्र सागर सिंह
(३० जनवरी, २०२१)

(१४)
प्रमदा

प्रमदा, प्रेमी द्वारा प्रेमिका के सानिध्य में, एक लंबा समय बिताने से उपजे आनंद की अनुभूति के साथ लिखी गई है। इसमें सानिध्य-सुख की मादकता पर विशेष प्रकाश डाला गया है।

संख्या - १४
प्रमदा

मदभरी शाम,
ठंडी हवा
तू और तेरा नशा ।।१।।

तेज हवा,
अलकें उड़ती,
पट उड़ता,
मुझको छूकर।
तुम समेट लेती इनको,
कुछ सकुचा-कुछ मुसकाकर ।।२।।

रह-रह कर
देखना तेरा,
नैनों के कोनों से आज।
उकसाता है
मुझे सुनाकर,
तेरे मन के
प्रणय-राग ।।३।।

तेरा सिर,
स्कन्ध मेरा,
कितना स्पंदन
भर देता।
देह तेरी,
स्पर्श तेरा,
मुझको पागल-सा
कर देता ।।४।।

अलकें तेरी,
यौवन तेरा,
ये नर्म होंठ,
ये गर्म हाथ।
निर्धन कैसे कह दूँ
खुद को,
कितना कुछ है अब,
मेरे पास ।।५।।

शाम ढले,
नैनों से पिया,
सौंदर्य-मधु
और प्रेम - सुरा।
मतवाला मन,
सोच रहा,
कैसे रतिपूर्ण,
बीतेगी निशा ।।६।।

नैनों के पार,
जो जा न सका,
वो तन से
कैसे गुजरेगा।
प्रमदा तेरे तन का
मधु पी,
मद जीवन भर,
क्या उतरेगा ।।७।।

-शैलेन्द्र सागर सिंह
(०१ नवम्बर,२००७)

(१५)
अनामिका

अनामिका प्रेम के पूरे विकास को समेटने वाली कविता है। किसी के बारे में सुनकर, उसके बारे में उत्सुक होकर, उससे मिलना और उसे प्रेम करना- यह सब, एक प्रेमी के जीवन में, किस प्रकार संभव हो पाता है, यह कविता सारे तथ्यों को चरणबद्ध रूप में समाहित करती है।

संख्या - १५
अनामिका

सुनकर उसका
माधुर्य-रूप-वर्णन,
उत्सुकता है,
देखूँ एक बार।
मैं सीख रहा हूँ प्यार ।।१।।

दामिनी चमक-सी
झलक-दिखा, गमन उसका,
सँभालते हुए
आँचल-यौवन-भार।
मैं सीख रहा हूँ प्यार ।।२।।

नयन-प्रथम-मिलन,
हृदय-स्पंदन,
मूक-प्रेम संप्रेषण,
दोनों ओर
सोता फूटा,
बही प्रेम धार।
मैं सीख रहा हूँ प्यार ।।३।।

प्रथम बार,
खुले अरूण अधर,
दिया उसने,
आमंत्रण मुखर,
आना कल,
जब जग सोये,
उस पार।
मैं सीख रहा हूँप्यार ।।४।।

अन्तर्द्वन्द्व,
अँधेरा-पथ,
डगमग-पग,
चहुँ-दिश विरोध,
फिर भी पहुँचा,
और कहा,
छोड़कर सब,
आ पाया तेरे द्वार।
मैं सीख रहा हूँ प्यार ।।५।।

गगन मुस्काया,
मेघ हटे,
चाँदनी उतरी,
धीरे-धीरे,
नख-शिख-अनावृत्त-लावण्य,
झंकृत-मन-वीणा-तार।
मैं सीख रहा हूँ प्यार ।।६।।

मेरे सम्मुख,
बाहें फैलाये,
मेघ रहित आकाश,
कर रहा
प्रेम-दान की
अधीर-पुकार।
मैं सीख रहा हूँ प्यार ।।७।।

उत्पातपूर्ण अँगुलियों,
अतृप्त अधरों से,
क्रमशः छूकर
मेघरहित आकाश का
हर कोना,
मांसल-कोमल-रक्ताभ-सुकुमार।
मैं सीख रहा हूँ प्यार ।।८।।

-शैलेन्द्र सागर सिंह
(०८ अगस्त, २००७)

(१६)
बेखबर

सौंदर्य का धारक बहुत कम मामलों में संवेदनशील, परदुखकातर एवं प्रेम के महत्व को समझने वाला होता है। उसमें एक विशेष तरह की आत्म-केंद्रीयता, एक विशेष तरह की स्वार्थपरता, एक विशेष तरह की लापरवाही एवं एक विशेष तरह की कठोरता पायी जाती है। सौंदर्य का धारक कभी भी अपने प्रेमी की भावपूर्ण मनोदशा एवं उसकी गहराई को नहीं समझ पाता। उसके द्वारा प्रेमी के प्रेम व समर्पण को न समझ पाना, प्रेमी को व्यथित करता है। यह कविता प्रेमी की इसी व्यथित मनोदशा से उपजी है।

संख्या -१६
बेखबर

तू है
कितनी मशरूफ़,
अपने में,
अपनों में।
तूझे ये
खबर भी नहीं,
तू है
किसी के सपनों में ।।१।।

चुपके से,
तुझे देख,
मैं
लूटता हूँ
एक दौलत।
जो
खुदा ने डाली है,
तेरे हसीन कदमों में ।।२।।

क्यूँ
अनजान बनकर
करती है कत्ल,
इस मासूम

चाहने वाले का।
तू चोट दे,
कुछ कह,
ताकि याद रखूँ,
तुझे जख्मों में ।।३।।

जरा सोच,
कितने दर्द,
कितने आँसू,
कितना प्यार
लेकर
आता है
कोई,
बार-बार,
तेरी चौखट पर।
फिर भी,
तू गुम क्यूँ है,
इन झूठी
जन्नतों में ।।४।।

काश!
तुझे पता होते,
दर्द,
प्यार,
और
ज़िन्दगी के मायने।
तब तू
समझ पाती,
ये सिरफिरे

क्यूँ उतरते हैं,
मोहब्बतों में ।।५।।

- शैलेन्द्र सागर सिंह
(२३ जुलाई, २०१३)

(१७)
वियोग

वियोग, यह कविता, जैसा कि इसका शीर्षक है, प्रियतमा के वियोग से उपजी है। इसे प्रेमी के नितांत अकेलेपन में उत्पन्न वियोगी मनोदशा से जोड़कर देखा जा सकता है।

संख्या-१७
वियोग

उसकी याद
आते ही,
कुछ घुलता है,
कुछ जलता है,
या शायद
रिसता है
लहू भीतर।

सीने पर रख हाथ,
सोचता हूँ,
कि छू लूँ,
सहला दूँ,
उस जलन को,
टीस को।

पर हाथ
रह जाते है,
सीने पर,
और टीस
रह जाती है,
दिल में।

बन्द करता हूँ
आँखें,
सोचता हूँ
उसको।

महसूस होता है,
कुछ गीलापन,
खोलता हूँ
आँखें
और देखता हूँ,
उसके ख़त के
पन्ने
कबके
भींग चुके हैं।

- शैलेन्द्र सागर सिंह
(०९ अप्रैल, २००७)

(१८)

मृगतृष्णा

मृगतृष्णा,जैसा कि इसके नाम से स्पष्ट है, यह शारीरिक मिलन के सुखाभास व उससे उत्पन्न उच्चाटन व अवसाद से उपजी कविता है। वस्तुतः ऊर्जावान व्यक्ति के जीवन में प्रेम की प्यास केवल स्थूल-प्रेम से पूरी नहीं होती, उसे भक्ति या करूणा में परिवर्तित होना ही पड़ता है। यह कविता स्थूल प्रेम की इसी सीमा को प्रकट करती है। संसार द्वारा मिले दुःख व तनाव से मुक्ति पाने के प्रयास में हम सभी स्थूल प्रेम की ओर उन्मुख होते हैं, किन्तु स्थूल प्रेम ही पूर्ण तृप्ति व पूर्ण शांति नहीं दे पाता। यह कविता इसी मनःस्थिति से उपजी है।

संख्या -१८
मृगतृष्णा

रेगिस्तान की
तपती रेत,
यह अग्निपथ,
प्यासा पथिक ।।१।।

चारों ओर से,
तप्त जीवन,
अनन्त प्यास,
और नश्वर तन ।।२।।

काँपते,
नर्म अधरों के
गोमुख से निकल,
सुकोमल
वक्ष शिखरों के
बीच के दरार से,
बहती है नदी
कल-कल ।।३।।

नीचे उतरती है,
नाभि के
भँवर से,

और
सूख जाती है,
कटि-प्रदेश की
रेत में,
पथिक
पुनः प्यासा ही रहा ।।४।।

पथिक-चिन्तन
यह क्रूर सत्य,
अतृप्त प्यास
थोड़ा सुख,
इतना भय,
इतना उचाट
थोड़ा पानी,
इतनी आग,
इतनी प्यास ।।५।।

- शैलेन्द्र सागर सिंह
(०९ अप्रैल, २००७)

(१९)
रति

यह कविता शारीरिक मिलन की कामना से उपजी है। इसमें उन आनंदपूर्ण भावों का अतिरेक है, जो स्थूल मिलन में संभव होता है। रति क्रिया के विभिन्न आयामों को समेटती यह कविता पूर्ण संसर्ग की कामना से लिखी गई है।

संख्या- १९
रति

तेरे नाजुक होंठ,
कुछ भीगे,
कुछ तप्त
मेरे होठों को,
छूते है जब ।।१।।

फुहार सी गिरती है,
पूरे बदन पर,
सिहरन होती है
रोम-रोम में,
प्रेम के शिखर पर ।।२।।

इस प्यार के
झंझावात में,
तेरी मुस्कुराती आँखों में
देखकर,
चूमता हूँ होंठ,
तेरा बेपर्दा बदन,
बाहों में कसकर ।।३।।

मेरी टूटती साँसें
करती हैं दुआ,
तू
इन बाहों से
कहीं न जाये
खुदा करे,
इस प्यार की बरसात में,
मैं तू हो जाऊँ,
तू मैं हो जाये ।।४।।

-शैलेन्द सागर सिंह
(११ फरवरी, २००८)

(२०)
प्रेमिका

यह कविता प्रेम की स्मृतियों एवं उसकी एकपक्षीयता की चिंता से उपजी है। जीवन में प्रेम सदैव स्थूल रूप में ही नहीं मिलता। बहुत बार, बहुत समय यह मानसिक भी होता है। यह कविता इसी मानसिक प्रेम की अनुभूति से उपजी है।

संख्या -२०
प्रेमिका

उसकी याद
आयी
होंठ
मुस्कराये,
आँख भर
आयी ।।१।।

सोचता हूँ
उसकी
एक-एक बात
जैसे कोई
चुनता हो फूल
हँसना,
रूठना,
मुस्कुराना उसका
मैं नहीं सका भूल ।।२।।

अब तक
उसका
नहीं आया जवाब,
सोचकर यह,
गहरी उदासी थी

जब धीरे से आकर,
किया उसने आलिंगन,
तब लगा,
मैं कम प्यासा,
वो ज्यादा
प्यासी थी ।।३।।

-शैलेन्द्र सागर सिंह
(१९ मार्च, २००९)

लेखक परिचय

जन्म-16 अगस्त, 1981

जन्मस्थान- जनपद गाजीपुर (उ०प्र०)

शैलेन्द्र सागर सिंह इलाहाबाद विश्वविद्यालय से स्नातक तथा वर्तमान में उ०प्र० लोक सेवा आयोग से चयनित लोअर पी०सी०एस० में पूर्ति निरीक्षक के पद पर कार्यरत हैं। उनके द्वारा इस कृति में अपने विद्यार्थी जीवन से लेकर अब तक के कार्यकाल में अर्जित अनुभवों एवं साहित्यिक-चिन्तन को समाहित किया गया है। यह इनकी प्रथम रचना है।

सम्पर्क

नम्बर-8115954581,9984718550,8171974224,8004815031

ई-मेल-shailendrasagarsingh@gmail.com

9 789354 720260

Printed by Libri Plureos GmbH in Hamburg, Germany